KB021774

빛을 물고 오다

빛을 물고 오다

강성희 시집

문학나무

안채와 행랑채 추녀와 추녀 사이
마당을 가로지르며
하늘을 안고 누운 줄 하나
길손으로 찾아온 잠자리
비스듬히 걸쳐있는 바지랑대에 내려앉아
눈을 마주친다.
도리도리
데굴데굴
눈알 돌리며
톡톡 던지는 말들

낟알을 모아 시를 엮는다.

2022년 가을 문턱에서
강성희

차례

제2부

상고대

제1부

소리를 낚다

겨울 까치

푸른 살 떨궈낸 은행나무 꼭대기
시린 발톱 움켜쥐고
꼿꼿하게 토해내는 날선 울음

낮게 엎드려 숨 고르는 어둠
시커먼 정수리 쪼며
아침 물고 오는 소리

묵직한 어둠의 등짝
툭툭 터지며
몽글몽글 솟아오르는 안개

찬비 멎은 새벽
어둠의 조각들 안개 속으로 녹아들고
까치의 두 눈 붉게 젖는다

비단주머니꽃

금낭화가 웃는다
창문 밑 작은 살피꽃밭
긴 꽃자루에 주렁주렁 매달린 비단주머니
발그레한 볼
이른 아침에 다녀갔나 보다

말없이 바라보던 그녀
— 꽃이 예뻐요
어색하게 부딪힌 한 마디
입꼬리에 담긴 수줍음
어제보다 붉어진 꽃잎

샐쭉샐쭉
오물거리는 입술
그녀의 말을 전하는 꽃잎이
하얘졌다 빨개졌다

〈

지붕 너머 다가오는 햇살은

그녀의 눈빛

톡톡 터지는 봄의 앞가슴

흠씬 젖어드는 봄의 꽃물

빛을 물고 오다

따옥따옥
빛을 물고 오는 새

느릿느릿
해질녘 서편을 감도는 날갯짓

빨갛게 드러나는 깃털
하얀 날개에 스며드는 노을빛

물 찬 제비

물을 차며 날아오르는
청둥오리, 고니

수면으로 날아드는 제비는
물을 차지 않는다

발가락을 접어
훑고 지나갈 뿐

비 개인 하늘에서
줄 지어 내리꽂는 제비들의 비행

물에 비친 무지개를 따라가듯
멈춤 없는 곡선이다

소리를 낚다

눈 속으로 굴을 파며 이동하는 북극나그네쥐

발자국 소리를 듣고 날아가 덮치는 흰올빼미

날갯소리

모내기가 한창인 오월
산기슭에서 냇둑에 이르기까지
하얗게 피어난 아카시아
온 동네가 달콤하다

가지마다 줄줄이 매달려
푸른빛 감도는 하얀 꽃잎
밤새 단장 마친 새색시
곱게 차려입은 면사포

온난화
살충제
꿀벌응애
검은등말벌
낭충봉아부패병

해 저물도록 기다려도
들리지 않는 날갯소리
하얀 꽃잎 누렇게 시들어가고
낯선 용어만 들려온다

고마리

나뭇잎 파고드는 아침 햇살
살포시 열리는 꽃잎
붉은빛 지워내다 한 방울
이슬로 사라지는 꽃

온몸 달아오른 여름의 끄트머리
한밤에 나눈 사랑
달빛으로 엮은 치맛자락에
빨갛게 녹아든 혈흔

산하엽*

맑은 눈
달콤한 입맞춤
하얀 꽃잎에 그려나간 사랑

깊은 계곡
그늘 속에 숨어들어도
식지 않는 가슴

바람이 내려놓은 이슬
함뿍 빨아들이며
제 몸 지워나간다

*산하엽 : 일본의 고산지대 습기 많은 곳에 자생, 꽃잎이 물에 젖으면 투명해짐.

토끼와 토끼고사리

햇볕 잘 드는 자귀나무 밑
키 큰 고사리 밭에 몸 숨긴 토끼
안테나처럼 길게 뽑아 올린 두 귀
쫑긋쫑긋 읽어내는 바람의 발자국 소리
하늘에서 내리꽂히는 매의 발톱
어둠 속에서 달려드는 살쾡이의 이빨

지난밤 새로 벋어나간 칡 줄기
여린 순 끌어당겨 오물거리는 두 볼
촐랑거리는 다람쥐 쫓으며
팔짝팔짝 뛰어간 소나무 그늘 속
듬성듬성 솟아난 토끼고사리*
토끼꼬리를 가리키며 익살스레 웃는다

쏟아질 듯 실려 있는 하얀 꽃
층층이 이고 있는 층층나무 밑

돌 틈에서 흘러내리는 작은 옹달샘
다복하게 솟은 산토끼고사리**와 눈 맞추는 산토끼
햇고사리 여린 잎에
또록또록 맺혀진 맑은 물방울

"토독 토독 따다다다"
오색딱따구리 마른 나무 쪼는 소리
물 마시려 고개 숙이던 어린 토끼
다급하게 어미 품으로 뛰어들고
덩굴 속 앙증맞게 매달린 아기 산머루
햇살 움켜쥐고 해맑게 웃는다

*토끼고사리 : 잎자루가 가늘고 세 줄기로 갈라진 잎 전체가 토끼 꼬리처럼 보
인다.
**산토끼고사리 : 잎이 촘촘하게 나며 다복하게 솟아난다.

애기똥풀

비스듬히 뻗어 오른
가지마다 노란 꽃

민들레가 웃는다
아이처럼 똥 싸놓았다고

애기똥풀이 웃는다
내 똥 묻었다고

세상이 열리다

사방이 어두운 벽

톡톡

탁탁

깨어진 틈으로 마주친 엄마의 눈

나무에 찾아들다

파란 하늘에 살금살금
손 뻗친 감나무 꼭대기

나뭇잎 하나 둘 떨어지면
가을이 똑똑 문을 두드린다

빨갛게 붉어진 홍시
터질 듯 말랑말랑

까치가 날아들어
톡톡 쪼아대면

한껏 물오른 가을
달디단 속살을 드러낸다

외과 수술

뼈다귀 앙상하게 서 있는
국궁장 옆 단풍나무
살아있는 미라
여름이 중천인데
붉게 물들어 서걱거린다

국궁장 활시위 울면
아프게 떨리는 속살
시위 떠난 화살들
과녁에 꽂힐 때마다 뚝뚝
푸른 살점 떨어져나가고
윙윙대며 모여드는 포식자들
사슴벌레, 풍뎅이, 말벌, 나방……

뱃속 다 드러내고
껍질마저 벗겨진 등짝

뼈마디 툭툭 불거진 척추뼈
벌겋게 녹슬어 부러진 칼날처럼
땅 속에 꽂은 채
비바람에 흔들리는 몸통

썩은 살 긁어내고
빈 몸뚱이 채워 넣는 붉은 흙
인공피부 씌워가며
투입하는 수혈
누렇게 시든 잎에
핑그르르 물기가 돈다

그녀와의 짧은 동거
— 진달래

소리 없이 찾아와
혼을 빼놓는 그녀

부드러운 깃 속에
연분홍 속살
촉촉한 향기
눈이 시리다

살그머니 벌어진 속곳에
눈물인 듯 맺혀있는 이슬
수줍음으로 달아오른 생명선에
점점이 뿌려대는 사정(射精)의 결정체

짐짓 바라보는 허공
꿀맛 같은 봄비
푸른 잎에 자리 내어주고

떨어지는 붉은 흔적

열흘을 넘기지 못한 동거

날개의 노래

팔십 미터의 높이에서
하루에 일억 오천 톤의 물을 쏟아내는 이구아수 폭
포

강렬한 회오리바람과 물보라를 뚫고
먹이를 향해 내리꽂히는 참매의 기세로
폭포 앞으로 달려드는 검은 칼새*

지구 중심을 향하여 쏟아지는 물줄기
몸뚱어리 부딪히며 포효하는 순간
악마의 목구멍**을 파고들어
물의 장벽 너머로 사라진다

동이 트면 화살처럼 날아올라
아침 햇살을 가르는 날개
높고 예리한 울음소리

고요한 숲을 깨운다

*이구아수 검은 칼새 : 폭포 뒤나 주변의 움푹 팬 바위틈에 보금자리를 마련
          함. 독특한 비행 주법으로 폭포의 장막을 통과한다.
**악마의 목구멍 : 이구아수 폭포 여러 갈래 중에 가장 큰 폭포 이름.

제2부

상고대

기다리는 봄

기다리는 봄 오지 않아

겨울 끝자락 끌어안으니

뿌리치며 떠난 자리

봄이 밀고 들어오네

상고대

가냘픈 몸짓
아름다운 노래로
유혹하는 풀잎
허공에 떠도는 영혼을 부른다

항로를 벗어나
불나비처럼 다가오는 물방울
차가운 입김으로 얼려버리는
투명한 조각들
살피 맞추며 뾰족탑을 쌓는다

손대면
눈물 되어 녹아 흐르는
바라만 보다
맑은 이슬로 사라지는 꽃

괴물이 자동차를 삼킨다

커다란 무쇳덩어리
살을 째고 관을 들이민다
상수도관 하수도관
전기 파이프 통신 파이프
낮과 밤 가리지 않고
찢고 꿰맨 상처들

수도관에 금이 가며
자리 잡은 뱀 한 마리
하수도관 옆구리에서 나오는 물에
흙을 말아먹으며 키운 몸집
지하철 구조물이 폐부 깊숙이 찔러 들어오며
철갑 두른 괴물이 되어 먹이를 노린다

이어폰 꽂은 채 앞만 보고 가는 사람들
느닷없이 파고드는 오토바이

겁 없이 달려오는 자동차
나들이 가던 한 가족이 걸려들었다
두 눈 번뜩이며
거북이 등짝 같은 도로 껍데기를 뚫고 벌린 아가리

괴물 목구멍에 머리 처박혀
풍풍풍 뀌어대는 검은 방귀
터덜터덜 돌아가는 두 바퀴
깨진 유리창에 벌건 물 들어가는 곰 인형

닭의 알

치익 치이익
뜨거운 기름 속 계란이 익어간다
하얀 치마폭에 둘러싸인 노란 덩어리

세상에 나와 일주일 지나면
죽는 날까지 금지되는 사랑
병아리감별사가 암수를 확인하는 순간
죽을 때까지 만날 수 없는 짝

주어진 집은 가로세로 두 뼘 남짓한 공간
생명이 없는 단백질 덩어리를 생산하는 기계
더 이상 낳지 못해
죽어서야 볼 수 있는 햇살

털 빠지고 늘어진 목덜미
축 처진 날갯죽지

땅 한 번 밟아보지 못한 뭉툭한 발톱
초점 없는 눈에 촉촉하게 젖은 눈빛

두 발로 땅을 헤집어보고
병아리가 태어날 수 있는
진짜 알을 낳고 싶어

새들이 하늘을 날 수 없게 되다

강원도에서 분양을 받았다고요
오골계 두 마리, 토종닭 다섯 마리
아침마다 들여다보는 노인 부부의 즐거움

하천변 접근을 금지합니다
발병 지역 인근 모든 가금류를 살처분합니다
비상 걸린 철새 도래지

초등학교 아이들 관상용 긴꼬리닭
집단사육 대형농장 한두 마리 집집이건
예외는 없소 다 파묻으시오

철새가 병균을 전파하는 운반자
너희들 겨울을 나려고 여기 왔겠지만
이제 저 하늘에 그물을 쳐야 할 모양이다

구덩이에 던져진 돼지들이 운다

돼지들이 운다 대성통곡을 한다
짧은 목 있는 대로 뽑아 올리고
승냥이 떼 지어 우는 소리 우 우 우
송곳으로 가슴을 후벼파는
피 맺힌 울음소리, 아비규환의 아수라장

농장 안에 파놓은 커다란 구덩이
빽빽 소리 지르며 날아가는 마대
사정없이 밀어넣는 포클레인 바가지
허공으로 날아올랐다 떨어지는 돼지들
깔리고 짓밟히며 악을 쓰는 몸부림
깨어진 머리, 절뚝거리는 다리

발톱이 둘로 갈라지는 동물의 전염병
길목마다 세워지는 검문소
반경 몇 킬로 이내의 모든 돼지는

몽땅 살처분*하기로 했소 단 한 마리도 예외는 없소

어미 품에서 떼어낸 새끼돼지의 눈망울
눈물범벅이다 울고불고에 아랑곳하지 않고
닥치는 대로 마대에 집어넣으니
터질 듯하다 꿈틀꿈틀이 아니라
마구마구 혼비백산 와글와글 좌충우돌
우리에서 버티던 어미
새끼들이 사라지자 체념하고 걸어나온다

검은 차광막이 씌워진다
하얗게 뿌려대는 생석회 가루
차광막을 뚫고 나오는 돼지들의 머리
꾹꾹 찍어 누르는 포클레인 바가지
산채로 덮어버린 흙덩이가 들썩인다
백정의 후손은 아닌데 이 많은 돼지를

한꺼번에 몽땅 순식간에 몽땅

축사 옆에 펼쳐진 점심

커다란 통에 한가득

돼지 족발로 고은 탕

*살처분 : 초기에는 발병 지역 3km 이내 생매장하였으나 현재는 500m 이내
　　　　 안락사 처리 후 사체를 매장하지 않고 폐기물 처리하고 있음.

작은 섬

검은 기침 쿨럭이며 달려드는 파도
반 평 남짓 버티고 선 작은 섬
칼날 같은 지느러미 치켜세우고
거침없이 몰려오는 물고기 떼
아가미 속에 감춰진 이빨을 드러낸다

고막을 찢을 듯 글그렁거리는 할배 고래
매캐한 먹물 쏨쏨 쏟아내는 오징어
날카로운 부리로 쪼아대며
먹잇감 빼앗아 달아나는 도둑갈매기
아랫도리 드러내놓고 흔들어대는 홍어

도로 한복판에 혼자 앉아있는 통행료징수원
지끈지끈 머릿속 파고드는 소음
두 다리 마음대로 뻗지 못하고
생리조차 제때 해결할 수 없는 곳

시커먼 매연과 싸워가며 버티는 시간

씽씽 몰려오는 푸른 물결
시위 떠난 화살처럼 날아드는 하이패스
악착같이 붙들고 서 있는
마지막 생명줄을 뿌리째 흔든다
하늘 아래 고립무원 외딴섬에서

그대 입술에 피어나는 꽃

수많은 입술에서 피어나
제 몸 사르고
땅바닥에 밟히고 짓이겨져
흙투성이로 뒹군다

타버린 꽃잎들 보도에 뒹굴고
길가 간이승강장
경계석 밑에 무리를 이룬다

검정색 코트의 여인이
빨간 꽃을 물고 온다
회색빛 둥근 캡 모자
머릿결 고운 갈색 머리
커피색 굽 높은 구두

차에 오르며 그녀는

꽃송이를 튕겨낸다
포물선 그리며 떨어지는
꽃자루 하얀 몸뚱이에
선혈처럼 피멍이 들었다

저녁 뉴스
― 한 아파트 아래위 층에서 칼부림 났습니다.
밀려드는 담배 연기 서로 다투다가,

살인적인 미소로 유혹하는 그녀
폐 속에 똬리 틀고
검은 미소 짓는다

이제 그만

그녀와 동거한 지 일주일
목 뒤, 어깨에 감겨오는 손
척추뼈 마디마디 눌러가며
허리로 내려오고
이불 속 육체는 한껏 달아오른다

엉덩이와 치골을 지나
허벅지와 무릎 사이
잘근잘근
치솟는 절정
바들바들 떨리는 신음소리

이내 어깨 위로 수직 상승
목선을 따라 관자놀이, 양미간을
불덩이처럼 파고들고
눈알이 벌겋게 튕겨나갈 듯

뒤통수를 조여온다

입안에서 단내 나도록 눌어붙은 그녀
지독한 신열이여
— 이제 그만, 떠나가 줘

땡 아저씨

송해와 호흡 맞춘 전국노래자랑 32년
만년 할아버지 김인협 악단장
일명 '땡 아저씨'
좋은 것은 전부 송해 차지

호칭부터 다르다
돈은 내 주머니에서 나가는데
송해는 오빠
나는 할아버지

김제에서 용돈 받아간 꼬맹이 셋
10년 후 같은 자리 전국노래자랑
지금은 쓰이지 않는 구권 만원짜리 지폐
한 장씩 내놓는 세 녀석

하늘나라 천국노래자랑

거기서도 '땡' 하며
꼬마 선녀들 눈물 뺏고
만원짜리 용돈 주고 있겠지

빠떼루 아저씨

울퉁불퉁 근육질 사내들의 거친 몸싸움
1996년 애틀랜타 올림픽
레슬링 경기 해설위원 빠떼루 아저씨 김영준

개구리처럼 바닥에 엎드려
무조건 방어만 해야 하는 벌칙
몸이 뒤집히면 경기는 끝장

한 달 내 계속되는 찜통더위
잠 못 들고 뒤척이는 밤
열기를 단숨에 날려버린다

구수한 전라도 사투리
아줌마 부대의 함성
― 빠떼루 줘야함다

지붕

썩은새 두껍게 쌓여
필경사*를 짓누르는 지붕
검게 그을린 기둥
지지랑물 놀다 간 서까래
작은 빛조차 허락하지 않는 어두운 골방

울컥울컥
얼음이 물을 토하듯
붓을 들어
종이 위에 이랑을 만들 듯 써내려간
상록수 한 줄 한 줄

필경사를 둘러싼 대나무
빈 몸통 울려대면
묘지 옆 벽오동 두 그루
큰 북 작은 북

북을 울린다

36년 가슴 짓눌러온 썩은새
말끔히 걷어내어 깔아놓은
길을 간다
자신의 피부로 만든 북을 두드리며
춤을 춘다

*필경사(筆耕舍) : 충남 당진에 있는 심훈의 고택, 이곳에서 『상록수』를 집필함.
  심훈의 시 「그날이 오면」 시비가 있음.

검은 파도

검은 파도가 밀려온다
삶과 죽음의 길
가로 세로 19로의 교차점 361

모습을 드러내지 않는 적
열흘을 굶어도, 자지 않아도 지치지 않는 체력
천 개의 머리를 가진 괴물

천길 벼랑 위에 앉아 반상을 응시하는 고독
70억 인간을 대표하여 나선 전쟁터
단 1초라도 제한된 시간을 넘기면 곧 패배다
째깍째깍 가슴 파고들며 돌아가는 초침
결단을 내려야 한다
검은 깃발 속에 갇혀 하늘만 바라보는 아군
버릴 것인가 구할 것인가

먹이를 노리는 매의 눈으로 반상을 노려보는 두 눈
서릿발 같은 호령이 떨어진다
"전방 11로, 우향 11로, 교차점에 78번* 닻을 내려라"

적의 심장부 한복판에 섬광처럼 내리꽂히는 흰 깃
발
전판을 뒤덮던 검은 파도가 일거에 스러져간다
드디어 괴물을 쓰러뜨렸다
넘실대는 푸른 물결
갈매기 날개 위에 반짝이는 햇살

아득한 수평선 너머
수천 개의 머리가 모여든다

*78번 : 프로 바둑 기사 이세돌이 전자두뇌 알파고와의 대결에서 승기를 잡은
착점이며 사람들은 '신의 한 수'라고 부른다.

종소리

어디쯤일까
맑고 고운 종소리

소리 따라
고개 돌려보니
탁자 위에 놓여있는 화분 하나

유리창 뚫고 들어온 햇살
사랑초 꽃봉오리 작은 종을 두드리고
향기는 보랏빛 춤을 추고 있네

밀당

금광저수지 박두진 둘레길 주차장
이동식 자동차 매점
한 남정네와 아낙 넷
차 한 잔씩 사 들고
물가 숲길을 걷는다

늘씬한 키에 은발 섞인 풍성한 파마머리
만년 여고생 단발머리의 수다쟁이
조근조근 이야기를 풀어가는 재담꾼
요모조모 호기심 많은 맑은 눈망울
무리를 이끌고 가는 익살주머니 아재

은방울꽃 또랑또랑 피어나는 오월 숲
물 오른 암컷들에 에워싸인
바윗고을 토박이 어치
끊임없는 분홍빛 립서비스

눈길을 사로잡는 밀당

시와 사랑을 섞은 혼돈주*에 취한 듯
18세 입들의 잔치
꾀꼬리 울음소리 맞받아치는
나도 꾀꼬리, 까르르 웃음소리
오리 등을 타고 수면 위에 일렁인다

*혼돈주(混沌酒) : 막걸리에 소주를 섞은 것처럼 여러 가지 술을 뒤섞어서 만든 술.

제3부

살피꽃밭

시소

우리 부부는 시소를 타며 살아간다
어느 날은 내 몸이 내려앉고
어느 날은 아내 몸이 내려앉는다

살아가면서
말의 가시에 찔린 상처
고달픈 하루에 처진 어깨
아내의 작은 미소에 내 몸이 떠오르고
따뜻하게 안아주면 아내의 몸이 솟아오른다

시소를 타며 살아가는 우리 부부
웃어주고 안아주며
떠오르고 솟아오른다

살피꽃밭

건물 벽과 도로 사이 작은 꽃밭에는
소리들이 모여 산다

겨우내 갇혀있던 어둠 속에서
굳어진 흙덩이 치받으며
설렘으로 솟아오른 새싹

새싹이 돋는다
겨울바람 이겨낸 사철채송화
자줏빛 얼굴로 솟아나는 금낭화, 함박꽃
푸른빛 머금은 붓꽃, 초롱꽃, 매발톱

매섭게 훑고 지나가는 꽃샘바람에
그렁그렁 맺혀지는 눈물방울
포근하게 찾아든 햇살을
와락 끌어안고 환하게 웃는다

〈

연한 몸속에 물오르는 소리
햇살 토닥이는 소리
수정 같은 눈물 반짝이는 소리

겨우내 웅크렸던 속잎
살금살금 내밀며
숨 고르는 소리

술을 담그다

잘 주물러야 한다
부드럽게 터트려야 한다
탱글탱글 영글어
탄탄해진 탄력
손아귀에서 빠져나가려 앙탈을 부린다

몽글몽글 옷을 벗는 포도 알
멈칫, 마주친 그녀의 얼굴
포도즙처럼 톡톡 터지는
달콤한 웃음소리

너럭바위에 알몸 드러낸 산다화 붉은 꽃잎
가슴 벅벅 할퀴고 간 매미*의 발톱
식어버린 등짝 후벼 파던 칼바람
가슴속 맴도는 시린 시간들
다독이고 구슬리며

술을 담근다

투박한 항아리 얼싸안고
37년, 13,505번의 낮과 밤을 건너가며
우리 부부 노을처럼 익어간다

*매미 : 2003년 9월 12일 우리나라를 휩쓸고 간 태풍 이름.

항아리

투박한 뚜껑 위에 앉아있는
된장잠자리 한 마리
커다란 눈알 데굴거리며
무슨 생각을 하고 있는지
이따금 날개도 들었다 놓는다

겨울바람 가시지 않은
정월 말[馬] 날에
담가놓은 된장
아침저녁으로 들여다보는 아내

맑은 물에 소금 풀어
붉은 고추 검은 숯 마른 대추
잘 띄워진 메주 담가놓은 항아리
가슴에서 푹 삭여낸
속 다 드러내는 웃음

둥글둥글
모나지 않는 몸짓

아내는 가슴에
누런 된장 한 덩이 삭히며
자꾸만 항아리를 닮아간다

시간 놀이

걸어가면 코가 땅에 닿을 듯
무릎까지 구부러진 장모님
소 · 대한 머리 추운 날씨에
보일러 낮춰놓고
마당 비닐하우스에 들어계신다

— 엄마 나 왔지
— 으이그~ 이런 것 사올려면 오지 마아
— 오늘도 하우스에 있네 까까도 사왔어

손사래 치며 화내는 얼굴
입꼬리 눈꼬리에 주름이 더 당겨진다
화가 난 건지 좋다는 건지

바깥마당 작은 공간
비닐 헤집고 들어온 굽은 햇살 속

채 여물지 않은 찌그렁이 콩을 고른다
무딘 손끝에 부서지는 시간들
낱낱으로 피어나 재잘대며 흐르고
모래 티끌 속에서 진종일 골라낸
한 움큼으로 한 끼 개죽을 쑨다
콩을 고르는 건지
시간을 고르는 건지

목화솜

둑길 옆 하얗게 핀 목화밭
후다닥 몇 개 슬쩍
꾹꾹 씹어 단물 빨아먹는
물 많은 작은 열매

메마른 따비밭*에 키워낸 목화송이
부르르 문풍지 울어대는 겨울날
하나하나 밀어 넣는 씨아질**
몇 년 모아 이불 한 채를 튼다

시집올 때 가지고 온 이부자리
보온 덮개처럼 묵직하게 눌려지면
달까닥달까닥 솜 트는 소리
새털처럼 가벼워지는 목화솜

마지막 남아있던 3대의 자존심

솜틀집 문 닫은 지 몇 해
장모님의 따뜻한 손길
대문 밖에 내놓는다

*따비밭 : 좁고 작은 밭.
**씨아질 : 씨아로 목화씨를 빼는 일.

억새꽃 그 여자

아부지
아부지
깔깔깔

붓질하다가 쪼르르 달려와
명자가 왔어요
명자가 왔습니다
두 주먹 불끈 쥐며
달마의 기마자세로 팔짝팔짝 뛰다가
가슴에 얼굴 묻고 부르는 소리
푸르르 투레질 하고는
깔깔거린다

결혼 이듬해
직장 따라 중동 나가있을 때 돌아가신 장인어른
일 년 넘어 찾아뵌 무덤 앞에서

아카시아 거친 가지만 투덕투덕 쳐낸 못난 사위
내 어느 구석이 닮았는지

하얗게 핀 억새꽃 머리에 이고
가을걷이 끝난 밭둑에서 가슴 서걱이는 여자
삼 년 묵은 된장
장항아리를 닮아가는 그녀를 와락 끌어안고
입맞춤을 쏟아낸다
손 안에 물컹한 젖가슴
허리를 꼬며 몸을 빼낸다

어 시원해
어 시원해
토닥토닥, 양지 바른 밭둑에 활짝 핀 민들레 웃음처
럼
펑펑, 단단하게 약이 오른 청양고추처럼

발바닥에 쏟아내는 따뜻하고 매운 시간들
가슴에 안고 있던 내 발을 내려놓고
붉은 빛으로 다가오는 그녀
어깨 위에 올려진 따뜻한 손
등 뒤로 촉촉하게 물기가 잡힌다

공 여사

햇살이 문턱을 살금살금 넘어오고
개수대에 달그락달그락 물소리 끊어지자
여지없이 텔레비전 앞으로 다가앉는 공 여사
열 번을 보아도 반갑고 새로운 얼굴
아침 드라마 '동이'를 만나는 시간

벽에 기대 앉아있는
내 오른다리를 번쩍 들어 젖히고
머리를 들이민다
— 역시 말랑베개가 최고야
— 아부지, 아부지가 안 보여
— 까~끙, 깔깔깔
끌어내린 그녀의 손, 똥그래진 두 눈
구경 나온 TV가 자지러지게 웃는다

염색한 지 오래되어

갈색 노랑 흰색이 뒤섞여 있는 머리카락
볼품없이 처진 젖가슴
탄력 잃은 펑퍼짐한 엉덩이
방구석에 놓여 있는 쌀 포대처럼
내던지듯 누워 있는 공 여사

살며시 가슴을 움켜쥐자
— 으응, 어딜 만져
몸 틀며 눈을 흘기면서도
입꼬리 찢어지며
내 손을 와락 끌어당긴다
푸른 핏줄 툭툭 들고 일어서는
그녀의 질박한 손

저 혼자 떠들던 동이는
제 집 찾아 들어가고

아내의 눈 속에 머물러 있는 장인어른*
멈춰있던 시간의 신발을 고쳐 신고
딸과 사위의 웃음소리와 함께
껄껄거리며 걸어간다

*장인어른은 지금의 나와 같은 나이에 돌아가셨다.

가족 일기

화분에서 기어 나온 달팽이
빳빳한 종이 위로 유도하여
창문 밖으로 떨어낸다

마누라
휴지로 감싸 집어내고
급하면 맨손을 사용

아들
요모조모 엎드려 관찰
때로는 손바닥에 올려놓기도 한다

딸래미
전쟁이라도 난 듯
소리치며 뛰쳐나가고

다섯 살 손녀

빨리 도망가라고 외치며

손바닥으로 옆을 두드려댄다

닮은꼴

닭똥 같은 눈물 그렁그렁한 채
벌건 혹을 이마에 달고 돌아온 초등학교 일 학년 아
들 녀석
　─ 아빠 나 전봇대하고 부딪쳤어
　─ 뭐 어쩌다가
　─ 눈감고 걸어봐야지 하다가 갑자기 꽝 했어

웃어야 할지 울어야 할지
　─ 어휴 참 너도 그랬냐
　─ 아빠도 너만 했을 때
눈 감고 냇가 돌둑 걷다가 개울 밑으로 꽝 떨어졌어
　─ 오잉 정말?

아들 녀석
눈이 동그래지고 입꼬리가 올라가더니
씨익 웃으며 와락 안긴다

아내가 혀를 찬다

— 쯧쯔 아빠 아들 아니랄까봐

파랑새 태어나다

산부인과 병원 문 닫은 초겨울 토요일 밤
집에서 양수가 쏟아지는 아내
다급히 찾은 보건소에 한기가 돈다
옆방에서 들려오는 산모의 비명
내 손 뿌리치며 엄마에게 간다고 떼쓰는 아이

몇 시간 악을 쓰던 아이가 울음을 뚝,
방긋방긋 웃더니 스르르 잠이 들고
이내 들려오는 우렁찬 첫울음
두 손에 받쳐 든
딸아이의 해맑은 얼굴

중동에 있을 때 태어나
돌 지난 후 만난 큰아이
떠돌이 토목공사 현장 생활
이따금 빨래 보따리 들고 나타나는

이웃집 아저씨 같은 아빠

첫아이 몸 풀 때 이국 멀리 있던 사내
둘째 아이 낳을 때 손도 못 잡아준 신랑
지아비로 설 수 있다면
아이들 크는 모습 지켜볼 수 있다면
물에 담가 놓은 씻나락 뒤엎는 일인들 못할까

무서운 소리

비 그친 학교운동장
숲으로 이어지는 배수로
붉은 햇살 따라 어기적어기적
볼이 부어터진 맹꽁이 운다

앞서거니 뒤서거니 모퉁이 돌아설 때
느닷없이 들려오는 천둥소리
소스라쳐 울음 그친 맹꽁이
맹꽁이보다 더 놀란 아내

담장 따라 한 바퀴 다시 그 자리
좌로 우로 씰룩거리는 마누라 엉덩이
주춤주춤, 옴찔옴찔
또다시 터지는 폭탄 소리

허리 굽힌 눈물이 잘금잘금

빠져나간 배꼽 움켜쥐고 걷는 길
등 뒤에서 들려오는 코맹맹이 소리
매앵꽁 맹꽁
코를 막고 맹꽁 맹꽁

살과 뼈를 바라보다

어제 맞은 항암제
점막이 헐어 계속되는 딸꾹질
레몬을 한 입 가득 씹어도
신맛이 느껴지지 않는다

모로 누워 관장기를 움켜쥐고
대장 보호용 약물을 주입한다
덜컹거리는 자동차 잘금거리는 항문
팬티에 또 하나 그림이 새겨지는 듯

정육점에 걸린 고깃덩이처럼
가로 세로 그어진 푸른 선들
보이지 않는 장기를 표시하는 기준
한여름 끈적거리는 더위에
선이 지워질까 조심스럽다

방사선 기기 안에 눕는다
내 몸속을 속속들이 알고 있다는 듯
나왔다 들어갔다 노려보는 렌즈들
원통이 회전하며
지이잉 지이잉 귓속을 파고드는 기계소리

치료를 거듭할수록 쏟아지는 하얀 거품 설사
헐고 갈라지는 항문
손끝만 닿아도 밀려드는 뼈들의 통증
한 시간이 멀다고 잠을 깨우는 야간 요의(尿意)
해가 바뀌어서야 따뜻한 물에 몸을 담가본다

아이가 사탕을 달라고 한다

방사선치료실 앞 대기의자
할머니 손 잡고 들어오는 사내아이
뒤따라오며 눈물 글썽이는 여인
다섯 살쯤 되었을까?
사탕을 줘야지 들어간다고
막무가내 떼를 쓴다 사탕은 금물인데

애야 나도 치료 받으러 왔어
사탕 먹으면 병 안 나아
우리 같이 치료받고 얼른 낫자
쪼그리고 다가앉는 내 눈을 보며
아이 옆의 할머니 씨익, 고개를 끄덕끄덕
내 손을 꼬옥 움켜쥐는 할머니

저 어린 것이 무슨 천형인가
또래 아이들보다 커 보이는 머리통

그 속에서 자라고 있는 악성종양
이십대 여성의 얼굴은 백지다
삼십대 남성의 얼굴은 먹지다
이곳에 사탕은 없다 사탕발림은 없다

방사선치료실에서 내 이름을 부른다
방사선을 온몸에 맞으러 가야 한다

산다는 것

가끔은
습관적으로 웃는 내가
내가 아닌 것처럼 느껴질 때가 있다

어느 때는
초점 없이 먼 하늘 바라보며 웃는 내 눈에
맑은 물 고일 때가 있다

닭벼슬* 묶어놓은 듯
굵은 파마를 한 맨드라미
물 흐르던 줄기에 바람 들도록
제 살 밀어내어 피워낸 붉은 꽃
말라버린 꽃대에 들어있는 씨앗들
까맣게 모여앉아
소리 없이 옹송그리는 작은 영혼들을 들여다보며

내가 살아있음을 느낀다

*닭벼슬 : '닭의 볏'의 경기도 충청도 사투리.

제4부
바지랑대

꽃비녀

안뜰 화단에
비녀꽃〔玉簪花〕피어난다

고운 결 가지런한 잎맥
저고리 동정을 인두질하는 어머니 손

담쟁이덩굴 무성한 돌담에서 고개 내밀듯
삐죽이 솟아오른 곧은 대궁

옅은 그늘에서 살며시 벌어지는
어머니의 맑은 웃음 같은 꽃

속 감춘 하얀 꽃봉오리
치맛자락 당겨 올린 매무새

참빗으로 곱게 빗어 쪽진 머리에

꽃아드리고 싶다

바지랑대

실바람도 졸음 겨운 한낮
안채와 행랑채 추녀와 추녀 사이
마당을 가로지르며
하늘을 안고 누운 줄 하나
길손으로 찾아온
잠자리 여남은 마리

'출~렁'
바지랑대를 걸친다
소스라쳐 깨어나는 허공

화들짝 날아오른 잠자리들
눈치 보며 살그머니 내려앉고
손에 닿을 듯
장대에 앉은 놈
커다란 눈알 데굴거리다

감겨지지 않는 두 눈으로
능청스레 낮잠을 청한다

아버지 이사 가는 날

어화 달~공
어화 달~공

산 넘어 들려오는 소리
아득히 멀어지는 소리
엄마가 들려주는 자장가인 듯
등허리가 따뜻하다

— 애야, 그만 일어나
— 으응?

동그랗게 눈을 뜨니
누님이 웃고 있다
달빛 아래 젖은 박꽃
하얀 소복으로 웃고 있는 누님

얼마나 잠이 든 것일까
가족들 돌아가며 흙 한 삽 얹었었는데
눈앞에 보이는 봉분
가지런히 입혀놓은 떼

울퉁불퉁 붉은 근육으로 뭉쳐진 몸통들
아늑하게 둘러싼 도래솔*
맷방석에 마주 앉아
콩을 멕이며** 맷돌을 돌리던 두 분
붉은 수수 흰 수수 빗자루를 매고
등 기대고 앉아 별을 바라보던 두레방석
딱 그만큼 지어드린 새 집

좋으세요?
평생 일구던 밭 앞에 있고
동네도 보이잖아요

찬바람 들이치는 서쪽에는
뒤란에 있는 향나무 옮겨 오고
앞쪽으로 진달래도 심어드릴게요
제대하면 다시 찾아뵐게요 아버지

찬바람 가시지 않은 화천댐 상류 훈련지에서
밤늦도록 달려와 꼬박 새운 지난밤
허당을 밟는 듯 돌아서는 길
아버지의 따뜻한 눈길이 등에 와 닿는다

*도래솔 : 무덤가에 죽 둘러선 소나무.
**멕이며 : '먹이며'의 사투리.

아버지의 신방

붉은 속살 드러내는 진달래
산 벚꽃 모여들어 수런대는 날
몸통 벌건 소나무 밑에 차려드린
아버지의 신방

밭 두 뙈기 다랑논 세 배미
뭉툭해진 지게 다리
멍에처럼 단단하고 굽은 허리
쇠심줄보다 질긴 세월

봄 안개 자욱하던 날
누렁이 자꾸 쓰다듬던 아버지
연이어 넘어가는 쟁깃밥 따라
땅거미 내려앉는 산으로 들어갔다

눈만 뜨면 뙈기밭 호미질

벅벅 긁어대는 쇠비름 바랭이
남은 자식들 지켜보던 31년
아버지 곁으로 간다

그리움에 잿빛으로 타버린 아버지
달빛 아래 박꽃처럼 새하얀 어머니
당신이 가꾸어놓은 소나무 밑
가로세로 두 뼘, 삽 한 날 깊이
부드러운 산 흙 켜켜이 뿌려가며 모셔놓고
곱고 하얀 한지로 바람벽* 삼아
차려드린 신방

*바람벽 : 유골 안치 후 한지를 깔고 표토를 덮었음.

마당질

붉은 흙 다져놓은 새 마당

알알이 영근 곡식 알뜰살뜰 마당질
벼마당질 밀마당질 알콩달콩 콩마당질
달공달공 굴구통*
휘적휘적 갈퀴질
쓰윽쓰윽 고무래질
까락 날리는 풍선기
볏가마니 둘러매는 울 아버지 웃음도 한 섬
아침 점심새참 점심 저녁새참
발바닥에 불나는 울 엄니
가마니 벌려주고 술 주전자 나르기
어린 내 발바닥도 불이 난다

마당질에는 부지깽이도 한 몫

*굴구통 : 발로 밟는 탈곡기.

밭갈이

창고로 바뀐 시골 외양간
먼지 뒤집어쓴 채 방치된
극젱이* 보습, 녹 슨 끍개
소 등을 끍어주는
아버지가 보인다

한 달 내 이어지는 가뭄
잡풀 무성한 뙈기밭
밭갈이하는 아버지
점심 알리는 배꼽시계

음메애애 매애애
배고픈 송아지 울어대고
젖이 불은 어미소는 쿵쾅쿵쾅
극젱이는 아버지를 매달고
툭툭 밭을 차며 날아다닌다

*극젱이 : 쟁기와 비슷하나 쟁깃술이 곧게 내려가고 보습 끝이 무디다. 흙이
  얕은 논밭을 가는 데 쓴다.

홍시

푸른 살 떨궈낸 감나무
말랑말랑하게 익은 홍시
엄니가 붉게 웃고 있다

가을걷이 끝난 돼기밭
망태기 하나 걸쳐 메고
이곳저곳 설렁거리며 돌아보는 아버지
뽑아놓은 고춧대에 매달려 쭈그러진 것들
마른 덩굴에 숨어있는 동부, 콩 꼬투리 한 주먹
뒤늦게 매달린 푸른 호박 몇 덩이
밭둑에 널브러진 삭정이 한 짐 짊어지고 오며
엄니에게 건네준 홍시

평생 논두렁 밭두렁 무릎걸음에
검게 탄 얼굴 툭툭 붉거진 관절
쭈그러든 젖가슴 붉은빛으로 채우고 싶어

빛바랜 광목치마에 손 훔치며
곱다
참 곱다
부뚜막에 돌아앉아 만지작거리던 엄니

뒤꼍에서 몰래 먹으라고 손에 쥐어준 홍시
감나무 꼭대기 햇살 아래
말갛게 웃고 있다

돼지의 체면과 아버지의 법

우리를 빠져나와 텃밭을 마구 파헤치는 놈
이놈의 돼지 이놈의 돼지
어머니 소리를 질러대며 부지깽이로 엉덩이를 두드
려 패고
지나가던 동네 형들이 몰려와 돼지를 우리로 몰아
넣는다

장정 대여섯 명이 엉덩이를 떠밀어도
고개 뿌리치며 막무가내 도망치는 돼지
당겨진 활시위 같은 근육의 긴장감으로
버티고 있다 악착같이 끈질기게

이 광경을 아버지가 본 것이었다
다급하게 뛰어오는 아버지
모두 비켜라 그렇게 하는 법이 아니다
우격다짐으로 몰아서야 쓰나

〈

아버지가 꼬리를 움켜쥐고 적당히 당겨대자

이제는 기를 쓰고 앞으로 간다

가더니 우리 속으로 쏙 들어간다

(나 돼지 체면이 있지

니들이 가라는 대로는 절대로 못 가지)

호박떡

조그만 굴뚝새 드나드는 추녀 밑
가을 맞아 둥글둥글 몸집 불린 호박
길게 늘어져 다이어트 중
비좁은 가시둥지 벗어나와
맷방석에 탱글탱글 윤기 도는 알밤
멍석 위에 주름잡은 붉은 대추
서리 맞아 웅크린 검은 콩

시루에 차분히 들어앉는
따뜻한 가을 햇살
싸락싸락 눈처럼 펼쳐지는 쌀가루
몸 숨기는 노란 호박고지
굴뚝새 작은 날갯짓도 품는다
밤, 대추, 콩 입맛대로 넣고
붉은 팥고물로 층을 만든다
부드러운 손길에서 켜켜이 쌓여가고

〈

아궁이에 이글거리는 장작불

엄니의 얼굴도 익어가고

모락모락 솟아오르는 김

쌀무거리* 개어 붙인 시루띠**처럼

속으로 녹여가며 삭혀가듯

가슴으로 익혀낸 호박떡

여름내 앉은걸음으로 밭이랑 끼고 살던

엄니의 땀방울

*쌀무거리 : 쌀을 빻아서 가루를 내고 남은 찌꺼기.
**시루띠 : 시룻번의 사투리.

수수부꾸미

붉은 수수 반죽에
고슬고슬 하얀 동부 소
자글자글 기름에 부쳐낸
쫀득쫀득 고소한 맛

물 잘 빠지는 비탈밭에
큰 키 뻘쭘한 수숫대
사락사락 추임새 따라
눕는 듯 곧추서는 춤사위

알알이 영근 수수 알
우수수 쏟아질 듯
폴짝거리며 날아드는 참새 떼
주둥이가 벌겋다

밭둑으로 퍼져나간 동부 덩굴

누렇게 익은 동부 꼬투리
바람 한 점 햇살 한 점
앞치마 가득 따 넣는 굽은 허리

동글동글 수수 알
탱글탱글 동부 알
여름 내 잡초 뽑아준
어무니 손바닥에서 생글거린다

시룻번

첫 수확한 햅쌀
이웃과 나누는 가을 떡
시루에 들어가 떡이 되지 못하고
솥과 시루 사이 틈 메우는 쌀무거리 반죽

펄펄 끓어오르는 김에
흐물흐물 녹아내리는 안쪽
불가마 속 흙덩이처럼
바싹바싹 말라가는 바깥쪽

쓰다 남아 물러 터진 밀가루풀
길바닥에 굴러다니는
돌멩이보다 더 딱딱해진
온전히 익지도 못한 시룻번

어두컴컴한 부엌 바닥

닳아빠진 몽당비처럼 쪼그리고 앉아
떡도 뭣도 아닌 것을 움켜쥐고
입안에서 곱씹던 엄니

모락모락 김이 나는
부드러운 증편 한 조각
두 손에 꼭
쥐어드리고 싶다

봉숭아꽃

뒤뜰 우물가에 핀 빨간 봉숭아꽃
장독대 넓적한 돌에 앉아
조근조근 찧어대는 누님
다섯 살 손가락에 얹어
푸른 잎으로 감싸준다

붉은 꽃물 은은하게 스며들어
자랑스럽게 치켜든 작은 손가락 두 개
사내 녀석이 봉숭아물 들이면
불알 떨어진다는 놀림에
해가 지도록 울었다

마을 상수도 들어오며 덮어버린 우물
콘크리트로 씌워버린 장독대
노란 개나리 울타리 밀어낸
시멘트 벽돌 담장 밑

골똘히 생각에 잠겨있는 봉숭아꽃

아이들 둥지 떠나가고 혼자 남은 누님
울안에 맴돌던 아기자기한 시간들
몽글몽글 손바닥에 궁글리어
마른 수수깡처럼 바람 든 누님 손가락에
따뜻한 봄볕으로 물들여주고 싶다

형아

중학교에 갓 입학한 까까머리
'마지막 황태자 영친왕' 단체 관람 후
집으로 가는 빗길
슈퍼맨의 망토처럼 비닐로 몸통을 두르고
자전거는 달린다

저수지 끼고 돌아가는 산길
시커먼 것은 산 희끄무레한 것은 물
거세지는 빗줄기에 곤죽이 된 황톳길
자전거를 멈추면 눈뜬장님
두 눈 가리고 외나무다리 건너듯 끌며 타며 간다

물웅덩이 피해 어림짐작으로 가는 길 가장자리
몸이 기울더니 허공이다
저수지 쪽 절벽
떨어지던 몸이 풀썩 찔레나무 덤불에 얹히고

본능적으로 움켜쥐는 나뭇가지와 자전거

풀뿌리를 잡고 미끄러지며
죽을힘으로 기어오른 도로 위
조심스레 더듬어본다
살았다, 손에 잡히는 자전거와 책가방
온몸에 기운이 빠지며 눈물이 솟는다

계속되는 빗줄기 속에 저만치 흔들리는 플래시 불
빛
— 여보세요 거기 누구요 성희니 성희야
아 형이었다
— 형 혀엉
잠시 후 울먹이는 나를 와락 끌어안는 형아

지름길

골짜기를 질러가는 논둑
가래질하여 굳지 않은 지름길
조심스레 들어서는 까까머리 소년

제 키에 맞지 않는 커다란 지게
헐겁고 늘어진 멜빵
엉덩이에 걸리는 등받이
종아리까지 내려오는 지게다리
키보다 긴 작대기
겨울을 넘긴 무청 한 짐

몇 걸음 걷지 않아 빠져드는 발목
종아리까지 빠지며 논바닥으로 곤두박질
이리 비틀 저리 비틀
무릎걸음 게걸음
고꾸라지고 자빠지며

허공을 휘젓는 작대기
죽을힘으로 빠져나와 지게를 내려놓는다

새파랗게 밀어낸 까까머리
봄볕에 달구어져 빨개진 두 볼
무릎에서 흐르는 붉은 핏줄기
머리끝부터 발끝까지 진흙 범벅
물에서 건져낸 무청에 흐르는 굵은 눈물

뒤돌아보니
질러온 길 저편에
돌아가는 길이 보인다

개나리 울타리

봄이 오면
기다란 가지를 따라
여섯 살 꽃님이가 오려낸 색종이
아기 손톱보다 작은 별 수 없이 어우러져
노랗게 덩어리지는 개나리꽃

제비와 메뚜기 숨바꼭질하는 두렁논
쉬지 않고 달려와
푸른 잎 속 숨 고르는 들바람
나뭇가지 사이 폴짝폴짝 건너뛰며 재잘대는
눈 동그란 방울새 한 무리
활처럼 치솟은 가지에 나란히 앉아
바람결 그네 타는 참새
어미 따라 시원한 그늘 찾은 노란 병아리들
각질 두터워져 근질거리는 나무 발등
콕콕 쪼아준다

〈

집 안과 밖을 이어주는 작은 숲
고향집 개나리 울타리

안성 사랑, 가족 사랑, 생명 사랑

| **해설**| 이승하 시인 · 중앙대 교수

안성 사랑, 가족 사랑, 생명 사랑

경기도 안성에서 태어나 자라고 지금껏 살아가고 있는 강성희 시인의 첫 시집 원고를 읽는다. 시든 수필이든 한 사람이 쓴 글을 읽으면 그 사람의 성격과 인품, 삶과 꿈, 관심과 취미 등을 알게 된다. 그런 것을 느끼지 못하게끔 쓰는 사람도 있기는 하지만. 60편의 시를 읽으면서 안성이란 곳은 자연이 그래도 아직은 제 모습을 그대로 간직하고 있는 대단히 청정한 공간임을 알게 되었다. 물론 안성 일대가 다 그런 것은 아니지만 말이다.

안성은 개발이 더딘 곳이다. 한때 기차가 다닌 곳이지만 지금은 기차가 다니지 않는다. 전동열차도 안성에는 들어오지 않는다. 인근 도시 평택 · 이천 · 천안 · 용인에 비해 발전 속도가 느리다는 느낌을 준다.

하지만 그렇기 때문에 안성은 고유의 문화 전통을 그야말로 안성맞춤으로 유지해온 것이 아닐까. 안성은 아마도 전국적으로 안개가 가장 자주, 많이 끼는 도시일 것이다.

푸른 살 떨궈낸 은행나무 꼭대기
시린 발톱 움켜쥐고
꼿꼿하게 토해내는 날선 울음

낮게 엎드려 숨 고르는 어둠
시커먼 정수리 쪼며
아침 물고 오는 소리

묵직한 어둠의 등짝
툭툭 터지며
몽글몽글 솟아오르는 안개

찬비 멎은 새벽
어둠의 조각들 안개 속으로 녹아들고
까치의 두 눈 붉게 젖는다

— 「겨울 까치」 전문

추운 겨울날 아침에 까치가 나타나 까악까악 울고
있다. 이 시의 배경을 이루고 있는 것은 "묵직한 어둠
의 등짝"을 툭툭 터지게 하며 "몽글몽글 솟아오르는
안개"다. 찬비 멎은 새벽에 노을이 번진다. "어둠의
조각들 안개 속으로 녹아들고" 마침내 까치의 두 눈이
아침노을 빛에 붉게 젖는다. 아름다운 한 폭의 풍경화
다. 제비는 까치에 비해 역동적인가, 아래의 시는 형
용사보다 동사가 많다.

물을 차며 날아오르는
청둥오리, 고니

수면으로 날아드는 제비는
물을 차지 않는다

발가락을 접어
훑고 지나갈 뿐

비 개인 하늘에서

줄 지어 내리꽂는 제비들의 비행

물에 비친 무지개를 따라가듯
멈춤 없는 곡선이다
　―「물 찬 제비」 전문

　한두 마리가 아닌지 "비 개인 하늘에서/ 줄지어 내
리꽂는 제비들의 비행"이라고 한다. 상상만 해도 장관
이다. 시인은 제비 떼를 "물에 비친 무지개를 따라가
듯/ 멈춤 없는 곡선"이라고 한다. 이와 같이 강성희
시인의 시에는 간간이 안개와 물이 나온다. 안성이 물
의 도시, 저수지의 고장이기 때문이 아닐까. 청정한
공간이었던 안성이 어느새 병들고 있다. "온난화/ 살
충제/ 꿀벌응애/ 검은등말벌/ 낭충봉아부패병" 때문
이다. 아카시아의 "가지마다 줄줄이 매달려/ 푸른빛
감도는 하얀 꽃잎"이 "밤새 단장 마친 새색시"의 "곱
게 차려입은 면사포" 같았는데 이제는 지구온난화와
해충, 그것들을 없애려는 살충제 때문에 꿀벌의 날갯
소리는 해 저물도록 기다려도 들려오지 않고 "하얀 꽃
잎 누렇게 시들어가고/ 낯선 용어만 들려온다"(「날갯소
리」)고 한다. 꿀벌이 현저히 줄어들고 있다는데 꿀벌

이 사라지면 그 세상에서는 인간도 살 수 없다고 한다. 생태계 파괴의 척도가 꿀벌이기 때문이다.

강성희 시인은 안성 토박이라서 그런지, 아니면 어린 시절에 아버지를 도와 농사일을 많이 해서 그런지, 다음과 같은 시를 썼다.

> 골짜기를 질러가는 논둑
> 가래질하여 굳지 않은 지름길
> 조심스레 들어서는 까까머리 소년
>
> 제 키에 맞지 않는 커다란 지게
> 헐겁고 늘어진 멜빵
> 엉덩이에 걸리는 등받이
> 종아리까지 내려오는 지게다리
> 키보다 긴 작대기
> 겨울을 넘긴 무청 한 짐
> ―「지름길」 앞 2연

까까머리 소년이 누군지 알겠다. 제 키에 맞지 않게 커다란 지게를 지고, 자신의 키보다 큰 지겟다리를 들고서 무청 한 짐을 지게에 실었다. 애처롭기 이를 데

없다. 그런데 그만 지게를 진 채 논바닥으로 곤두박질
친 사고가 일어났다.

몇 걸음 걷지 않아 빠져드는 발목
종아리까지 빠지며 논바닥으로 곤두박질
이리 비틀 저리 비틀
무릎걸음 게걸음
고꾸라지고 자빠지며
허공을 휘젓는 작대기
죽을힘으로 빠져나와 지게를 내려놓는다
―「지름길」가운데 연

집까지 가는 길이 너무 멀다고 판단했기에 지름길
을 택했던 것인데, 그만큼 위험성이 있는 길이었다.
논바닥으로 곤두박질치기는 했지만 어쨌거나 일어나
집까지 가야 한다. 꾀를 쓰다가 그만 사고를 낸 것이
었다.

새파랗게 밀어낸 까까머리
봄볕에 달구어져 빨개진 두 볼
무릎에서 흐르는 붉은 핏줄기

머리끝부터 발끝까지 진흙 범벅
물에서 건져낸 무청에 흐르는 굵은 눈물

뒤돌아보니
질러온 길 저편에
돌아가는 길이 보인다
―「지름길」 끝 2연

  도시에서 나고 자란 아이라면 절대 할 수 없는 일이
다. 이 시는 화자의 집이 그리 넉넉한 살림이 아니었
음을 알게 하고 아버지를 도와 힘든 농사일도 하면서
자랐음을 알게 한다. 아마도 아버지는 아들을 대학에
진학시킬 형편이 아니었을 것이다. 하지만 아들은 공
무원 시험에 응시해 합격, 공무원을 하며 평생 살아가
게 된다.
  몇 년 전에 조류독감 때문에 발병 지역 반경 몇 킬
로미터 이내의 가금류를 몽땅 살처분한 적이 있었다.

강원도에서 분양을 받았다고요
오골계 두 마리, 토종닭 다섯 마리
아침마다 들여다보는 노인 부부의 즐거움

하천변 접근을 금지합니다
발병 지역 인근 모든 가금류를 살처분합니다
비상 걸린 철새 도래지

초등학교 아이들 관상용 긴꼬리닭
집단사육 대형농장 한두 마리 집집이건
예외는 없소 다 파묻으시오

철새가 병균을 전파하는 운반자
너희들 겨울을 나려고 여기 왔겠지만
이제 저 하늘에 그물을 쳐야 할 모양이다
──「새들이 하늘을 날 수 없게 되다」 전문

노인 부부가 아침에 일어나 오골계 두 마리와 토종
닭 다섯 마리에게 먹이를 주는 것이 큰 기쁨이었는데
일곱 마리를 다 살처분해야만 한다. 초등학교 아이들
의 관상용 긴꼬리닭도 예외가 아니다. 철새가 병균을
가져왔다고 해서 그 철새를 포함해 집에서 기르던 닭,
오리, 오골계 등을 몽땅 살처분해야만 했을 때 사람들
의 심정은 어땠을까. 그렇다, 시인은 생명을 잃게 된
가금류도 불쌍하지만 그것들의 생명을 돌보았던 노인

부부와 초등학교 아이들도 딱한 것이다. 이와 같이 시인의 기본적인 심상은 뭇 생명체에 대한 동정심 내지는 연민의 정이다.

> 돼지들이 운다 대성통곡을 한다
> 짧은 목 있는 대로 뽑아 올리고
> 승냥이 떼 지어 우는 소리 우 우 우
> 송곳으로 가슴을 후벼파는
> 피 맺힌 울음소리, 아비규환의 아수라장
>
> 농장 안에 파놓은 커다란 구덩이
> 빽빽 소리 지르며 날아가는 마대
> 사정없이 밀어넣는 포클레인 바가지
> 허공으로 날아올랐다 떨어지는 돼지들
> 깔리고 짓밟히며 악을 쓰는 몸부림
> 깨어진 머리, 절뚝거리는 다리
> —「구덩이에 던져진 돼지들이 운다」 앞 2연

이 시는 돼지들을 한꺼번에 살처분하는 끔찍한 장면을 그리고 있다. 시가 대단히 사실적이고, 그래서 큰 충격을 준다. 이런 식의 생명 처리는 행정편의주의의 결과였다. 그 뒤에 방역 당국이 방법을 바꾸어 그래도 충격이 완화되었지만 너무 잔인한 생명 처리 방법이었다. 특히 이 시의 마지막 연, "축사 옆에 펼쳐진 점심/ 커다란 통에 한가득/ 돼지 족발로 고은 탕"이 보여준 아이러니한 장면은 강렬한 인상을 남긴다. 언론에 자주 보도되기도 하고 직접 동물 살처분의 현장에 있었던 이들도 적지 않았겠지만 강성희 시인이 생명옹호사상에 입각해 쓴 이런 시는 오래 남아 인구에 회자될 것으로 믿는다.

검은 기침 쿨럭이며 달려드는 파도
반 평 남짓 버티고 선 작은 섬
칼날 같은 지느러미 치켜세우고
거침없이 몰려오는 물고기 떼
아가미 속에 감춰진 이빨을 드러낸다

고막을 찢을 듯 글그렁거리는 할배 고래
매캐한 먹물 쏭쏭 쏟아내는 오징어
날카로운 부리로 쪼아대며
먹잇감 빼앗아 달아나는 도둑갈매기
아랫도리 드러내놓고 흔들어대는 홍어

작은 섬 주변의 바다가 아주 소란스럽다. 고래와 오징어, 도둑갈매기, 홍어가 다 제 목숨을 유지하려고 보통 난리가 아니다. 그런데 다음 연을 보면 작은 섬이 바다 한가운데 있는 island가 아니다.

도로 한복판에 혼자 앉아있는 통행료징수원
지끈지끈 머릿속 파고드는 소음
두 다리 마음대로 뻗지 못하고
생리조차 제때 해결할 수 없는 곳
시커먼 매연과 싸워가며 버티는 시간

씽씽 몰려오는 푸른 물결
시위 떠난 화살처럼 날아드는 하이패스
악착같이 붙들고 서 있는
마지막 생명줄을 뿌리째 흔든다
하늘 아래 고립무원 외딴섬에서
—「작은 섬」 후반부

작은 섬은 통행료 징수원이 앉아 있는 작은 철제 박

스를 가리키는 것이었다. 그 공간은 "두 다리 마음대로 뻗지 못하고/ 생리조차 제때 해결할 수 없는 곳"이다. 여성 징수원은 "지끈지끈 머릿속 파고드는 소음"과 "시커먼 매연과 싸워가며" 버틴다. "하늘 아래 고립무원 외딴섬"에서 "악착같이 붙들고 서 있는/ 마지막 생명줄"이 뿌리채 흔들리면 안 되는데, 시인은 걱정이 태산 같다. 이 시도 인간에 대한 따뜻한 연민의 정이 탄생시킨 것이다.

시인의 시적 관심은 식물에 집중되는 경우가 많다. 식물은 동물만큼 약육강식과 적자생존의 지배를 받지 않는다. 시집에는 식물 이름을 제목으로 삼은 시가 「고마리」「산하엽」「토끼와 토끼고사리」「애기똥풀」「살피꽃밭」「목화솜」「억새꽃 그 여자」「봉숭아꽃」「개나리 울타리」 등 열 편에 달한다. 그 식물의 특성을 잘 짚어내 묘사할 수 있는 능력은 시인이 안성 태생이어서 그럴 것이다.

이제부터 시인의 가족애를 살펴보고자 한다. 아버지와 어머니를 노래한 시가 몇 편 나온다.

붉은 흙 다져놓은 새 마당

알알이 영근 곡식 알뜰살뜰 마당질

벼마당질 밀마당질 알콩달콩 콩마당질

달공달공 굴구통*

휘적휘적 갈퀴질

쓰윽쓰윽 고무래질

까락 날리는 풍선기

볏가마니 둘러매는 울 아버지 웃음도 한 섬

아침 점심새참 점심 저녁새참

발바닥에 불나는 울 엄니

가마니 벌려주고 술 주전자 나르기

어린 내 발바닥도 불이 난다

마당질에는 부지깽이도 한 몫

—「마당질」 전문

　마당에서 이루어지는 것들이 참 많았다. 화자가 아직 어렸던 그 시절에는 마당이 놀이터였고 노동의 현장이었다. 창고였고 잔치마당이었다. "볏가마니 둘러매는 울 아버지 웃음도 한 섬"과 "발바닥에 불나는 울 엄니"가 정겨운 마당 풍경을 잘 보여주고 있다. 그런데 그 아버지께서 일찍 돌아가시고 만다.

좋으세요?

평생 일구던 밭 앞에 있고

동네도 보이잖아요

찬바람 들이치는 서쪽에는

뒤란에 있는 향나무 옮겨 오고

앞쪽으로 진달래도 심어드릴게요

제대하면 다시 찾아뵐게요 아버지

찬바람 가시지 않은 화천댐 상류 훈련지에서

밤늦도록 달려와 꼬박 새운 지난밤

허당을 밟는 듯 돌아서는 길

아버지의 따뜻한 눈길이 등에 와 닿는다

—「아버지 이사 가는 날」 끝부분

"제대하면 다시 찾아뵐게요 아버지"라는 시구로 보
아 화자 자신이 아버지 장례식을 치르기 위해 화천댐
상류 훈련지에서 안성 고향 집으로 휴가를 나왔음을
알 수 있다. 아버지가 이승에서 한평생 농사를 짓다가
저승으로 이사를 가는 날의 풍경이 참 서럽고도 아름
답다. 부랴부랴 장례를 치르고 다시 부대로 복귀하려
는데 "아버지의 따뜻한 눈길이 등에 와 닿는다". 물론

환상이다. 그만큼 부자지간에 사랑과 믿음이 돈독했음을 이 구절이 말해준다. 세월이 흘러 31년 뒤에 어머니가 돌아가셔서 두 분이 합장을 하게 된다. 이것을 시인은 아버지가 새로 신방을 차린 거라고 표현한다.

눈만 뜨면 돼기밭 호미질
벅벅 긁어대는 쇠비름 바랭이
남은 자식들 지켜보던 31년
아버지 곁으로 간다

그리움에 잿빛으로 타버린 아버지
달빛 아래 박꽃처럼 새하얀 어머니
당신이 가꾸어놓은 소나무 밑
가로세로 두 뼘, 삽 한 날 깊이
부드러운 산 흙 켜켜이 뿌려가며 모셔놓고
곱고 하얀 한지로 바람벽 삼아
차려드린 신방
—「아버지의 신방」 끝부분

어머니가 31년 만에 아버지 곁으로 가신 날, 유골 안치 후 한지를 깔고 표토를 덮은 것을 '바람벽'이라고 표현하였다. 농경사회에서 아버지가 일찍 돌아가셨다는 것은 아버지의 노동력이 고스란히 어머니에게 전가되었다는 뜻이다. 땅에서 식량이 나오고 교육비가 나오고 장가보내고 시집보낼 비용이 나온다. 그런데 늠름하기만 했던 남편이 숨지고 31년을 살면서 어머니가 한 고생은 다른 사람은 짐작도 할 수 없을 것이다. 이 시에서는 '어머니'라고 쓰지만 여러 편 시에서 화자는 정겹게 '엄니'로 쓴다.

> 아궁이에 이글거리는 장작불
> 엄니의 얼굴도 익어가고
> 모락모락 솟아오르는 김
> 쌀무거리* 개어 붙인 시루띠처럼
> 속으로 녹여가며 삭혀가듯
> 가슴으로 익혀낸 호박떡
> 여름내 앉은걸음으로 밭이랑 끼고 살던
> 엄니의 땀방울
> ―「호박떡」 마지막 연

　모친이나 어머니보다도 '엄니'나 '어무니'라고 부르는 것이 훨씬 정답다. 화자는 온갖 궂은일을 다 도맡

아서 하는 어머니의 희생정신을 곳곳에서 들려주며 그리워하고 애도한다. "동글동글 수수 알/ 탱글탱글 동부 알/ 여름내 잡초 뽑아준/ 어무니 손바닥에서 생글거린다"(「수수부꾸미」), "어두컴컴한 부엌 바닥/ 닳아 빠진 몽당비처럼 쪼그리고 앉아/ 떡도 뭣도 아닌 것을 움켜쥐고/ 입안에서 곱씹던 엄니"(「시룻번」), 홍시를 쥐고 "빛바랜 광목치마에 손 훔치며/ 곱다/ 참 곱다/ 부뚜막에 돌아앉아 만지작거리던 엄니"(「홍시」) 등에 나타난 어머니의 모습은 가족에 대한 희생정신으로 일관한, 모성애의 발현 바로 그것이었다. 꽃비녀를 하고 계시던 단아한 모습을 묘사할 때는 '어머니'라고 하였다.

시인은 누님을 봉숭아꽃물을 들여주던 분으로, 형아를 밤중에 자전거 타고 오다가 사고가 났을 때 찾으러 온 구세주 같은 이로 기억한다.

뒤뜰 우물가에 핀 빨간 봉숭아꽃

장독대 넓적한 돌에 앉아

조근조근 찧어대는 누님

다섯 살 손가락에 얹어

푸른 잎으로 감싸준다

― 「봉숭아꽃」 제1연

계속되는 빗줄기 속에 저만치 흔들리는 플래시 불빛
― 여보세요 거기 누구요 성희니 성희야
아 형이었다
― 형 혀엉
잠시 후 울먹이는 나를 와락 끌어안는 형아
― 「형아」 마지막 연

아내에 대한 사랑을 은근슬쩍 드러낸 시도 여러 편
보인다. 같이 살아온 긴 세월 동안 가장 좋은 친구였
고 또한 평생 연인이었다고 고백하는 시들이 있어 미
소를 머금게 된다.

우리 부부는 시소를 타며 살아간다
어느 날은 내 몸이 내려앉고
어느 날은 아내 몸이 내려앉는다

살아가면서
말의 가시에 찔린 상처
고달픈 하루에 처진 어깨

아내의 작은 미소에 내 몸이 떠오르고
따뜻하게 안아주면 아내의 몸이 솟아오른다

시소를 타며 살아가는 우리 부부
웃어주고 안아주며
떠오르고 솟아오른다
―「시소」 전문

　시소의 오르락내리락하는 광경에 빗대어 부부지간의 알뜰살뜰한 정을 표현해보았다. 시소를 타면서 노는 아이들처럼 정답게 살아온 부부의 초상이 아름답게 그려진 이 시를 보니 정말 금실이 좋은 부부라고 여겨지면서 부러움을 느끼게 된다. (아아, 호랑이 내 아내에게 이 시집을 보여주리라.) 「술을 담그다」를 보면 "37년 13,505번의 낮과 밤을 건너가며/ 우리 부부 노을처럼 익어간다"는 표현이 나온다. 37년을 해로했으니 40년, 50년을 채우기 바란다. 이 시의 아내를 묘사한 부분 "몽글몽글 옷을 벗는 포도알/ 멈칫, 마주친 그녀의 얼굴/ 포도즙처럼 톡톡 터지는/ 달콤한 웃음소리"를 보니 두 사람이 아직도 연애 감정을 갖고 있음을 알 수 있다. 많이 부럽다. 「항아리」에서는 아내를 "잘 띄

워진 메주 담가놓은 항아리/ 가슴에서 푹 삭여낸/ 속다 드러내는 웃음/ 둥글둥글/ 모나지 않은 몸짓"이라고 하면서 아내를 한껏 자랑하고 칭찬한다. 시인은 결혼 이듬해 직장 따라 중동에 나가 있을 때 신혼의 아내와 헤어져 있었다. 그러다 만났으니 얼마나 반가웠으랴.

> 하얗게 핀 억새꽃 머리에 이고
> 가을걷이 끝난 밭둑에서 가슴 서걱이는 여자
> 삼 년 묵은 된장
> 장항아리를 닮아가는 그녀를 와락 끌어안고
> 입맞춤을 쏟아낸다
> 손 안에 물컹한 젖가슴
> 허리를 꼬며 몸을 빼낸다
> ―「억새꽃 그 여자」 제4연

　이런 부분은 조금도 외설스럽지 않고 입가에 미소가 지어진다. 신혼 초라 하루만 못 봐도 미칠 지경일 텐데 1년 이상 못 봤다면 그건 거의 고문이었을 것이다. 그런데 아들딸 낳고 살다 보니 두 사람 다 이제는 나이도 만만치 않다. 인생의 황혼기에도 이들 부부는

스킨십까지 하고 있는 것인가.

> 염색한 지 오래되어
> 갈색 노랑 흰색이 뒤섞여 있는 머리카락
> 볼품없이 쳐진 젖가슴
> 탄력 잃은 펑퍼짐한 엉덩이
> 방구석에 놓여 있는 쌀 포대처럼
> 내던지듯 누워 있는 공 여사
>
> 살며시 가슴을 움켜쥐자
> ─ 으응, 어딜 만져
> 몸 틀며 눈을 흘기면서도
> 입꼬리 찢어지며
> 내 손을 와락 끌어당긴다
> 푸른 핏줄 툭툭 들고 일어서는
> 그녀의 질박한 손
> ─「공 여사」제3, 4연

　이런 장면을 보니 시인의 마음이 참으로 따뜻하다
는 것을 새삼 느끼게 된다. 그리고 "몸 틀며 눈을 흘기
면서도/ 입꼬리 찢어지며/ 내 손을 와락 끌어당기는"

아내, 즉 남편의 손길을 마다하지 않고 호응하는 아내의 태도가 누가 뭐라 해도 감동적이다. 두 사람이 얼마나 사이가 좋은 부부인지를 입증한 시가 바로「억새꽃 그 여자」와「공 여사」이다. 두 사람 다 백년해로하기를 기원하는 바이다. 해설자는 시인의 가족 사랑을「가족 일기」에서 확인할 수 있었고 아들 사랑을「닮은 꼴」에서 확인할 수 있었다. 시인은 또한 딸에 대한 미안한 마음을 지금껏 갖고 있다.

중동에 있을 때 태어나
돌 지난 후 만난 큰아이
떠돌이 토목공사 현장 생활
이따금 빨래 보따리 들고 나타나는
이웃집 아저씨 같은 아빠

첫아이 몸 풀 때 이국 멀리 있던 사내
둘째 아이 낳을 때 손도 못 잡아준 신랑
지아비로 설 수 있다면
아이들 크는 모습 지켜볼 수 있다면
물에 담가 놓은 씻나락 뒤엎는 일인들 못할까
—「파랑새 태어나다」후반부

두 아이는 화자의 미안해하는 마음을 잘 알고 있을 것이다. 출생 당시 화자의 부재, 그 이후에도 간간이 집에 들러 어색한 관계일 때도 있었지만 시인에게 장녀는 희망의 존재였다. 파랑새였다. 시의 마지막 행은 공직생활의 어려움을 토로한 것으로 이해할 수 있다. 이런저런 우여곡절을 겪으면서 이 시의 화자는 두 아이를 잘 키웠을 테고 이제는 공직생활에서 물러나 시 쓰기에 몰두하고 있는 아빠가 자랑스러울 것이다.

시인의 투병기라고 할 수 있는「외과 수술」「살과 뼈를 바라보다」「산다는 것」「아이가 사탕을 달라고 한다」등을 보면 생과 사의 고빗길에서 큰 고생을 했음을 알 수 있다. 목숨이 왔다 갔다 하는 절체절명의 위기상황을 그린 이들 시는 완성도가 더욱 높다. 아마도 시적 긴장감을 충분히 확보하고 있기 때문일 것이다. 이들 시편에 대한 해설은 일부러 하지 않는다. 독자가 직접 평가해보기를 바라서이다. 이때도 화자는 아내와 자식들의 사랑으로 회복할 수 있었을 것이다. 안성 사랑은 자연 사랑이요, 가족 사랑은 생명 사랑이다. 이 네 가지는 따로 떼어놓을 수 없다. 강성희 시인은 안성이 낳은 시인이지만 그 전에 성실히 공직생활을 했던 사회인이었다.

하지만 그는 이제 갓 등단해서 첫 시집을 낸 신인이다. 앞으로 시 쓰기에 몰두하여 두 번째 시집, 세 번째 시집을 내게 된다면 제2의 인생, 제3의 인생을 살 수 있을 것이다. 앞으로는 안성이라는 지역에 안주하지 말고 큰 바다로 헤엄쳐 나가서 수많은 사람의 가슴에 위안과 사랑의 메시지를 전해주기 바란다.

나무시인선 025

빛을 물고 오다

1쇄 발행일 | 2022년 10월 20일

지은이 | 강성희
펴낸이 | 윤영수
펴낸곳 | 문학나무
편집 기획 | 03085 서울 종로구 동숭4나길 28-1 예일하우스 301호
이메일 | mhnmoo@hanmail.net

출판등록 | 제312-2011-000064호 1991. 1. 5.
영업 마케팅부 | 전화 | 02-302-1250, 팩스 | 02-302-1251
ⓒ 강성희, 2022

값 10,000원
ISBN 979-11-5629-149-7 03810